K wie Katze

Ein alphabetisches Album

Für Madame Redkatski

K wie Katze

Ein alphabetisches Album

von Pamela Prince und Doug Benezra
ins Deutsche übertragen von Siegfried Schmitz

arsEdition

Die Originalausgabe »C is for Cats« erschien erstmals 1992 bei Harmony Books,
zugehörig zu Crown Publishing Ltd., New York

Designed by Michael Mabry
Gestaltung der deutschen Ausgabe: Eva Wenger
Printed in China

ISBN 3-7607-1135-9

A  Z

A ist unsre Annabell,

ein Katzenmädchen voller Charme.

Man nähm' so gern sie auf den Arm,

um ihr weisses Kuschelfell

ganz zärtlich zu umschmeicheln

und immerfort zu streicheln.

B ist Bob, der schwarze Kater;
Mumm und Mut, fürwahr, den hat er.
Seine Miene ruft uns zu:
»Laßt mich heute ja in Ruh!
Wer mich anrührt, wird's bereuen.«
Nur dies will er uns zugestehn:
Wir dürfen uns an ihm erfreuen
und sorgen für sein Wohlergehn.

C ist Cleo, ganz ergeben
räkelt sie sich mit Behagen.
Ach, wie ist das Katzenleben
täglich doch voll Müh und Plagen:
viele Vögel muß man necken,
manches Schälchen Milch aufschlecken,
Mäuse jagen immerzu –

Dann erst hat man seine Ruh.

Dist Dina, rassig und grazil,

vom Siamstamme, muss man wissen.

Sie lebt in Luxus und mit Stil

und ruht auf Samt- und Seidenkissen.

Ihr Fell ist ohne Fehl und Tadel:

Ja, das ist wahrer Katzenadel!

E steht für Eddy, den kleinen Bengel.
Ob er die Kanne zerbrochen hat?
Er ist gewiß kein Unschuldsengel,
doch dies war schwerlich seine Tat.
Wie dem auch sei, es ist passiert.
Und so sei's ihm nicht verwehrt,
daß er genieße ungeniert,
was der Zufall ihm beschert.

F – das ist der Kater Fred,

ein schlauer Bursche, wie ihr seht.

Voll Wissensdrang und Forscherstreben –

ein echter Wissenschaftler eben.

Kommt er abends zu Besuch,

studiert er gern ein Katzenbuch.

G - ach Gina: statt rank und schlank
ist sie heute rund und krank.
Ewig nur Sahne und süßes Gebäck:
Zu schlemmen ist ihr Lebenszweck.
Ja, solch liebgewordne Gewohnheit,
täglich frühstücken im Bett,
macht selbst die zierlichste
Katze fett.

H ist Harry. Laßt uns raten,

wovon er träumt:

von großen Taten?

Von Mäusen und Haschee in Massen?

Von Rauferein in dunklen Gassen?

Von Liebeslust bei Mondeslicht? –

Genaues weiß man leider nicht.

SEASON
SARDINES
PORTUGUESE SARDINES
IN SOYA OIL – SALT ADDED
PRODUCT OF PORTUGAL
PRODUCT OF PORTUGAL
NORWAY

I steht für Iwan,
der möchte, dass Fisch
und nicht nur Gehacktes
kommt auf den Tisch.
Ach, könnte er nur den Öffner bedienen,
dann würd' er sich angeln
die schönen Sardinen!

J ist Jack, den die Ferne lockt,
und der schon auf dem Koffer hockt.
Wohin denn soll die Reise gehn?
Nach London oder nach Athen?
Vielleicht auch nur nach Rosenheim?

In Wahrheit bleibt er stets daheim.

D.B

K steht für Kitty, deren Bild
aus dem Spiegel widerstrahlt.
Sonnenschein umspielt ganz mild
die Idylle – wie gemalt!

List Lily: sammetweiche
Lilie im Katzenreiche.
Alles schimmert weiss und hell,
wie ein duftiges Pastell.
Wer's erblickt,
ist entzückt.

M gab Kätzin Mauz den Namen,
die gerne mal das Model spielt.
Sie gehört zu jenen Damen,
die was verstehn von großen Posen.
Hier posiert sie für das Bild:
»Schildpattperserin mit Rosen«.

N ist Nora, Dame von Welt.
Sie hat soeben fein soupiert;
es wurden Lachs und Shrimps serviert,
was ihr ungemein gefällt.
Jetzt ist sie sanft gestimmt und müd
und harrt mit sehnsuchtsvollem Blick
auf eine kleine Nachtmusik,
zum Beispiel ein Chopin-Prélude.

O ist die hübsche Olivia.
Zwischen buntem Blumenflor
und dem goldnen Porzellan
lugt sie keck und kess hervor.
Einfach rührend ist dies Bild
und so freundlich und so friedlich,
dass jeder bei dem Anblick ruft:
»Ach, ist das nicht niedlich!«

P ist Paul, ein Kater mit Kultur.
Er liebt, man sieht's, die Literatur.
Vornehmlich schätzt er Poesie;
an guten Büchern fehlt's ihm nie.
Sein Motto lautet offenbar
(was bei Katzen ziemlich rar):
»Noch lieber als ein voller Topf
ist mir Nahrung für den Kopf.«

RAMONA
BY HELEN
JACKSON

Q steht für Quincy, den Gourmet,
der hier auf Leckereien hofft.
Ein schönes Steak, ein Fischfilet,
so was gibt's bei Frauchen oft.
Doch heute ist, Gott sei's geklagt,
Gemüseeintopf angesagt!

R wie Raimund ist ein netter,
stets gepflegter und adretter
Katzenherr im besten Alter.
Gern sitzt er bei schönem Wetter
dort am Fenster stundenlang,
Freut sich über jeden Falter,
lauscht dem frohen Vogelsang
und sinniert dabei ein wenig –
Ja, hier ist der Kater König!

Sist Sam, ein selbstbewußter Mann,
dem nichts die Ruhe rauben kann.
Auf Frauchens Schoß,
im größten Tumult –
nie verliert er die Geduld.
Selbst in Blumenarrangements
bewahrt er seine Contenance.

T wie Tess ist ein Mädel

vom Lande,

verläßlich

und mit besten Manieren.

Mit allen kommt sie gut

zu Rande –

außer mit kleinen Nagetieren!

U ist Urs, ein häusliches Tier.
An den kalten
Wintertagen
Ist die Stube sein Quartier.
Schmusen, Wärme,
Wohlbehagen –
»So«, meint Urs, »gefällt es mir.«

V ist Kätzin Valentine,
Kunstexpertin von Beruf.
Stets prüft sie mit strenger Miene,
was ihr Maler-Meister schuf.
Wenn er ein Bild versilbert hat,
gehn die beiden in die Stadt.
Er lädt sie ein ins Restaurant
zu einem Schinkencroissant.

Band Stays in Its Remote Polly Hollow
Options Continued
New York

WBEDEUTET WILHELMINE,

DIE MIT UNGERÜHRTER MIENE

IHREN SITZSTREIK PRAKTIZIERT;

DIE ZEITUNG BLEIBT SO LANG BLOCKIERT.

SO GEHT ES LEIDER ALLE TAGE.

SOLL MAN SIE VOM TISCH VERTREIBEN,

ODER DARF SIE SITZEN BLEIBEN?

Das ist jedesmal die Frage.

X – das ist Xaver,
eigentlich ein Braver.
Doch die Wolle reizt ihn sehr;
er zerrt so lang sie
kreuz und quer,
bis er hinsinkt, ganz ermattet. –

Ob sein Frauchen das gestattet?

Y ist Yves (sprich: Ief).
Er hat doch sicher nicht zu tief
ins Glas geschaut?
Den Fisch zu fangen,
der drin schwimmt,
hat er, der Schüchterne, bestimmt
sich nicht getraut.

Z ist Zeus, der Perserkater;
vergoldet ist der Nobelpelz,
der schmückt den edlen Katzenvater.
Dem Felidenchef gefällt's,
zu thronen hier voll Majestät.
Darum ihm die Ehre gebührt,
daß er nun zu Ende führt
unser Katzen-Alphabet.

Ein besonderer Dank geht an
Tony Wessling und Barbara Flynn
sowie die Lektorinnen
Kathy Belden und Valerie Kuscenko.

Unser weiterer Dank gilt
Caroline Fletcher,
Doug Flynn,
Terence Flynn,
Beth und Meghan Flynnperrault,
Carol Hacker,
Robin Haines, Greg Jesser,
Lisa Kruse,
Mary Lawrence,
Susan und Nicholas McGlibery,
Ninepatch, Marge Ponting,
Bill Porter,
Russell Pritchard bei Zonal,
Evelyn Randolph,
Denis und Marsha Roberge,
Alex Sanso,
The Solano Pet Shop, Kay Spang,
Tail of the Yak,
Top Dog, und Gene Vick.

A Z